LE TERME D'UN RÈGNE,

o u

LE RÈGNE D'UN TERME;

RELATION VÉRIDIQUE

ÉCRITE EN FORME

DE

POT-POURRI,

SOUS LA DICTÉE DE CADET BUTEUX,

Par DÉSAUGIERS, son serétaire intime.

PRIX : 1 franc 25 centimes.

A PARIS,

Chez ROSA, libraire, au Cabinet littéraire, grand'cour
du Palais–Royal, et galerie vitrée, n°. 226.

1815.

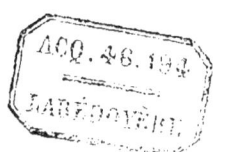

LE TERME D'UN RÈGNE,

OU

LE RÈGNE D'UN TERME.

Tous les exemplaires non signés par l'Editeur seront reputés contrefaits , ainsi que tous les Extraits dont il n'aura pas donné l'autorisation par écrit.

Nota. On s'abonne chez le même libraire, à l'*Epicurien français*, dont il paraît un cahier par mois. Prix 12 fr. par an , pour Paris. 13 fr. pour les départemens , et 14 fr. pour l'étranger.

LE TERME D'UN RÈGNE,

OU

LE RÈGNE D'UN TERME;

RELATION VÉRIDIQUE,

ÉCRITE EN FORME

DE

POT-POURRI,

SOUS LA DICTÉE DE CADET BUTEUX,

PAR DÉSAUGIERS,

SON SECRÉTAIRE INTIME.

> Le flot qui l'apporta recule épouvanté.
> (*Phèdre*. RACINE.)

A PARIS,

Chez ROSA, libraire, au Cabinet littéraire, grand'cour
du Palais-Royal, et galerie vitrée, n°. 226.

1815.

LE TERME D'UN RÈGNE,

ou,

LE RÈGNE D'UN TERME.

AIR : *Mon galoubet.*

Depuis dix mois,   (*bis.*)
La paix, la joie et l'abondance
Chez nous avaient repris leurs droits,
Autrement dit : la providence
T'nait le héros loin de la France,
Depuis dix mois.   (4 *fois.*)

~~~~~~~~~~~~~~~~~~~~~

AIR : *Queⁱle sultan Saladin.*

———————

A l'îl' d'Elbe un vertigo
Saisit l'ex-emp'reur tout d'go ,
Et dans l'beau milieu d'un'fête :
« Qu'à m'suiv' , dit-il , on s'apprête ;
« L'violon , l'tambourin , c'est bien ,
        « Très-bien ,
        « Fort bien ;
« Mais cela ne blesse en rien ,
« Et j'vais préparer à la France
        « Une autre danse. »

———————

~~~~~~~~~~~~~~~~~~~~

'AIR : *A boire , à boire , à boire.*

« Aux armes ! aux armes ! aux armes !
« En France , le sang et les larmes
« Depuis dix mois ne coulent plus :
« Réparons les momens perdus. »

~~~~~~~~~~~~~~~~~~~~

'AIR : *Bon soir, la Campagnie.*

Sitôt dit , l'cher Bertrand
   Ben vite s'rend
  Dans les cazernes ;
Et crac, fusils, briquets,
   Sabres , gibernes
   Et mousquets,
Dans l'instant tout est prêt....

La nuit sert leur projet....
« Bon soir la compagnie,
« V'là la fête finie.
— « Bon soir
« Avec l'espoir
« De ne plus vous revoir. »

AIR : *La boulangère à des écus.*

« Où vas-tu donc, cher Nicolas ?
Lui dit madam' sa mère.
— D'un an de r'pos, maman, j'suis las,
« J'fus emp'reur, j'vas m'le r'faire. »
Sa maman n'est pas d'son avis....
Il l'envoi' fair' lan laire,
En bon fils,
Il l'envoi' fair' lan laire.

AIR : *Mes d' moisell', voulez-vous danser ?*

Vive, vive, Napoléon !
V'là l' monarque,
Qui s'embarque ;
Vive, vive Napoléon !
Gare la conscription !

« Sir', lui dis' les soldats, nous n' sommes
« Tout au plus qu'onze ou douz' cents hommes,
« Vous voulez donc que j' sautions l' pas ?
— Marchez toujours, ça n' vous r' gard' pas. »

Vive, vive Napoléon ! etc.

∿∿∿∿∿∿∿∿∿∿∿∿

Air, *Ah! mon Dieu! qu'est-c'qu'on dira?.*

————

« Mais mon Dieu ! qu'est-c'qu'on dira,

« Quand on va nous revoir en France ?

— Les Bourbons qu'on trahira,

« M'céd'ront l'trône sans résistance.

« Je sais par de bons avis,

« Donnés par de bons amis,

« Qu'nous trouverons jusqu'à Paris -

« Les places découvertes....

« Enfonçons les portes ouvertes. » (*bis.*)

————

~~~~~~~~~~~~~~~~~~~~~~

'AIR : *Lon, lan, la, laissez-les passer.*

———————

Lon , lan , la , laissez-la passer,
    L'espérance,
    De la France,
Lon , lan , la, laissez-la passer,
La débacle va r' commencer.

~~~~~~~~~~~~~~~~~~~~

'AIR : *Mes d'moisell', voulez-vous danser ?*

———————

Vive , vive Napoléon !
    V' là l' monarque
    Qui débarque ;
Vive , vive Napoléon !
Gare la conscription.

« C'est Bonaparte, dieu me damne !
Crie' en s' sauvant l's' habitans d'Canne....
« Mais c'est pis qu'un r'venant, s'dit-on,
— C'n'est pas, dit l'autre, un rev'nant bon. »

Vive, vive Napoléon ! etc.

~~~~~~~~~~~~~~~~~~~~

AIR : *Rendez-moi mon échelle de bois.*

« Quoi ! vous me reconnaissez donc bien ?
Leur dit en riant l' grand homme ?
— N'est-c' pas vous qu'on traite de vaurien,
   « De Moscou jusqu'à Rome ?
« Depuis dix ans, n'est-ce point par vous
« Que tous nos enfans disparaissent ?

— Ah! comme ils me reconnaissent

« Tous!

« Comme ils me reconnaissent! »

~~~~~~~~~~~~~~~~~~~

Air : *La faridondaine.*

———————

« Je ne suis plus, mes chers amis,

   « Cet animal féroce

« Qui, dans vot' malheureux pays,

   « N'voulait que plaie et bosse ;

« Le tigre est devenu mouton,

« La faridondaine, la faridondon,

   « Et j'vas être doux et poli,

     « Biribi ,

« A la façon de Barbari,

    « Mon ami. »

———————

~~~~~~~~~~~~~~~~

AIR : *Bon voyage , cher Dumolet.*

—————

Bon voyage, vot' majesté ;
    L'ciel vous escorte !...
    (Que l' diable t'emporte !)
    Bon voyage, vot' majesté ;
Périss' la France et gardez vot' santé.

—————

L'fusil sous l'bras , aux portes d'chaque ville ,
La troupe arrive et frappe en tout' sûr'té....
N'y a point d'canons, crainte de guerr' civile,
Et l'bourgeois chante, en pleurant d'un côté.

—————

Bon voyage , etc.

—————

~~~~~~~~~~~~~~~~~~~~~

AIR : *Contentons-nous d'une simple bouteille*

———————

Mais à Paris, not' bon roi, not' bon père
Apprend bientôt, hélas! qu'il est trahi;
Qu'malgré l'serment qu'ell' venait de lui faire,
Tout' son armée a tourné contre lui.
« Mon peuple encor est prêt à me défendre, »
Dit ce bon roi ; mais Louis est Français,
Et de son trône il aime mieux descendre
Que de verser le sang de ses sujets.

~~~~~~~~~~~~~~~~~~

AIR : *Ca n'dur'ra pas toujours.*

———————

Il part, et de nos larmes
Rien n'peut arrêter l'cours;
Mais c't'espoir plein de charmes

Viens vîte à not' secours :

Ça n'dur'ra pas toujours.   (4 *fois.*)

~~~~~~~~~~~~~~~~~~~

Air : *Ah ! mon Dieu ! que je l'échappe belle !*

———————

Ah ! mon Dieu ! quelle odeur de violettes !

Parlez ; qu'est-ce qu'en veut ?

Il nous en pleut

Plus que d'gimblettes....

Ah ! mon Dieu ! quelle odeur de violettes !

Est-c' que nos guerriers

Auraient pris ça pour des lauriers ?

———————

AIR : *Grâce à la mode.*

Ma pauv' patrie !
V'là donc c'Nicolas
Dont j'étions si las !....
  Et faut que j'crie :
  Vive Nicolas !
  Pas si colas.

AIR : *Va-t-en voir s'ils viennent.*

« J'ai vu, du fond d'mon exil,
  Nous dit c'tendre père,
« Vos pleurs, vos maux, vot' péril
  « Et tout' vot' misère ;
« J'ai vu, sous ce règne-là,

2

« La France perdue.... »

Quelle longue vue

    Il a !

Quelle longue vue !

<hr />

Même air.

<hr />

« J'entendis , ajoute-t-il ,

  « Vos r'grets et vos craintes ;

« J'entendis , de mon exil ,

  « Vos vœux et vos plaintes :

« Tout le peuple m'appela ,

  « Et j'accours.... » Ma fine ,

Quelle oreille fine

    Il a !

Quelle oreille fine !

~~~~~~~~~~~~~~~~~~~~~

Même air.

Il nous dit qu'il est d'accord
Avec chaq' puissance,
Et les v'là qui s'arm' encor
Pour le chasser d'France....
J'allons r'voir Louise et l'fanfan
Qu'les amis ramènent....
Va-t-en voir s'ils viennent,
Jean,
Va-t-en voir s'ils viennent.

~~~~~~~~~~~~~~~~~~~~~

AIR : *Quand un tendron vient dans ces lieux.*

« Tout c'qu'on dit et fit contre moi,
« D'mon souvenir s'efface ;

« Mais tous ceux qui tenaient au roi,

« De Paris je les chasse. »

Ho ! ho ! ho ! ho ! ha ! ha ! ha ! ha !

Mais qu'est-ce donc qui restera,

Là , là ?

Ho ! ho ! ho ! ho ! ha ! ha ! ha ! ha !

La belle grâce

Que voilà

Là , là !

Air : *Mad'moisell', voulez-vous danser ?*

Vive, vive Napoléon !

Le monarque

R'prend la barque,

Vive, vive Napoléon !

Gare la conscription !

Il nous dit qu'il revient d'son île
Pour empêcher la guerr' civile...
Il entre en France, et comme un lion,
Marseille accourt et fond sur Lyon.

Vive, vive Napoléon! etc.

V'là qu'déja l'Europe est armée
En France la guerre allumée,
On s'bat, on s'tue... Ah! quel plaisir!
Quel bonheur! c'est pour en mourir.

Vive, vive Napoléon! etc.

~~~~~~~~~~~~~~~~~~

AIR : *Sur l' port avec Manon un jour.*

———————

« Bon (dit l'emp'reur), réjouissons-nous,

« V'là l'Europe encor sens d'sus d'sous,

« Aisément cela se peut croire ;

« Qu'il m'est doux, je l'dis d'bonne foi,

« Qu'il m'est flatteur de voir pour moi,

    « Prussien, Anglais,

   « Russe, Autrichien, Français,

« S'fair' casser la gueule et la mâchoire ! »

~~~~~~~~~~~~~~~~~~

AIR : *Lison dormait dans un bocage.*

———————

« Mais c'n'est pas l'tout, commençons vîte

« Par brocher un' constitution

« Qu'bon gré, mal gré, je f'rai de suite

« Approuver par la nation.

« J'prendrai, pour rend' la chos' facile,

« De tout' celles qu'on fit déja,

« Queuq' mots par-ci, queuqu' mots par-là,

« Ce s'ra parole d'évangile ;

« L'on y croira, l'on m'r'install'ra,

« Et puis on me resacrera. »

~~~~~~~~~~~~~~~~

AIR *des Trembleurs.*

« Convoquons chaque clubiste,

« Convoquons chaqu'anarchiste,

« Convoquons chaq'terroriste,

« Convoquons chaq'jacobin... ,

« Et que c't'aimable assembleé,

« Dans le champ de mars d'emblée,

« Sous l'nom d'champ-d'mai rassemblée,

« Me proclame au mois de juin. »

AIR : *Les coucous sont gras.*

« Les faubourgs sont bons.
« Quand il s'agit d'faire,
« Ou les furibonds,
« Ou les vagabonds.
« Eh bien ! fédérons
« La classe ouvrière....
« Contre les Bourbons
« Ils f'ront mon affaire
« Contre les Bourbons :
« Tous moyens sont bons. »

AIR : *Je suis encor dans mon printems.*

« Je suis dans un grand embarras ,
Leur dit le sauveur de la France ,
« Et sans l'appui de votre bras ,

« Je vois chanceler ma puissance...

« Braves habitans des faubourgs,

« Venez, venez à mon secours. » (*bis.*)

~~~~~~~~~~~~~~~~~~~

Air *de la Carmagnole.*

————

Chiffonniers, croch'teurs, cabar'tiers,

Chaudronniers, barbouilleurs, charr'tiers,

Charbonniers, colporteurs, sav'tiers,

Tondeurs, décroteurs, gargotiers,

 Tous quittant leurs métiers,

 Pour quelques demi-s'tiers,

 Chant' : « A bas la calotte !

« J'ons pas d'mouchoirs, mais j'ons d'l'honneur,

 « Et viv' les sans-culotte,

 « Les sans-culotte et l'emp'reur ! »

————

~~~~~~~~~~~~~~~~~~~~~~~~

Air : *Des Fraises.*

———

Queuqu'zuns pourtant , sans broncher ,
  Dis' à ceux qui les d'mandent :
« Pourquoi me f'rait-on marcher?
« Qu'ceux qui l'ont été chercher
    « L'défendent. » (*ter.*)

~~~~~~~~~~~~~~~~~~~~

Air : *Chantez , dansez , amusez-vous.*

———

J' vois s' rassembler les r'présentans ,
Sitôt qu'du champ-d'mai l'heure sonne ;
Mais comm' plusieurs départemens
Ont eu soin d' n'envoyer personne ,
Queuq' sans-culottes bouch' les trous ,
Et les r'présentans y sont tous.

———

~~~~~~~~~~~~~~~~~~~~~

AIR : *On va lui percer le flanc,*

———————

J' vois Bonaparte tout blanc,
  Lucien blanc,
  Joseph blanc
 Et Jérôme blanc :
Pour s'mettre ainsi tout en blanc
 Est-c' qu'ils auraient envie
  De jouer un' tragédie,
  Ou ben un' comédie ?
Non, moi qui connais leur plan,
  En plein plan
  R'lantanplan,
  Tire lire en plan,
J'vois ben, en les contemplant,
  Qu'ça n'est qu'un' parodie.

————————

~~~~~~~~~~~~~~~~~

AIR : *Tandis que tout sommeille.*

———————

L'emp'reur prend la parole,
On n'entend pas c'qu'il dit,
Tout d'même on l'applaudit,
Parc'qu'il faut jouer son rôle ;
    Puis, de l'chérir
    Et de l'servir,
    D'une voix enrouée,
On lui fait un serment nouveau,
Puis on repartit chaq'drapeau,
Puis l'emp'reur dit : « Baissez l'rideau,
    « La farce est jouée. »

———————

~~~~~~~~~~~~~~~~~~~~~

AIR *du lendemain.*

———————

Mais voyant qu'tout' l'Europe
Que l'champ-d'-mai n'épouvant' pas,
Pendant c'tems-là l'env'loppe,
Il crie à tous ses soldats :
« Jurez de n'pas être esclaves,
« Rien n'pourra vous résister....
« N'êt'vous pas trois cents mill' braves...
 « Sans me compter ? »

~~~~~~~~~~~~~~~~~~~~

AIR : *Notre meûnier chargé d'argent.*

———————

Après quelques premiers combats,
 Dont le succès l'enivre,
Malgré généraux et soldats,
Sur-l'-champ il veut poursuivre.....

Un bois épais (*bis.*) s'trouv' sur son ch'min ,

   Et chaq' soldat lui dit envain :

« Sire, si vous voulez, si vous voulez m'en croire,

   « N'allez pas (*bis.*) dans la Forêt noire. »

ᴀɪʀ : *Un soldat , par un coup funeste.*

   Il ordonne.... et par la mitraille ,

   Bientôt assaillis d'tout côté ,

Nos guerriers trouv' sur l'champ d'bataille

   La mort et l'immortalité....

     Combien leur vaillance

   Nous eût sauvé d'maux et d'effroi,

S'ils n'l'avaient fait servir qu'à la défense

    De notre roi !   (4 *fois.*)

Air : *Ah! que je sens d'impatience!*

———————

Là-d'ssus, sans chapeau , sans épée,
L'air effaré , les yeux hagards ,
Pour couronner son équipée ,
Le v'là qui fuit, l'roi des Césars...,.
   C'est qu'il vole d'manière
   Que l'vent reste en arrière;
    Il a tant fait déja
     Ce métier là !...
Fondant comme un'figure d'cire ,
Il arrive à la ville d'Laon ,
   Et dit en soufflant ,
   A son commandant :
    «Ici par hasard ,
    « S'il pass'quelq'fuyard ,
    « Il faut l'épier,
    « Le fair'prisonnier,

« Et sans quartier,

« Le fusiller.

— Oui , sire , (*bis.*)

« Mais vous êtes l'premier. »

AIR : *Il est toujours le même.*

Des r'présentans la surprise est extrême,
En apprenant qu'l'emp'reur est revenu :
    « Jamais, dis'nt-ils, j'n'ai vu
    « Sa majesté si blême !...
    « Il part en conquérant,
    « Il revient en courant ;
« Il est toujours, il est toujours le même. »

~~~~~~~~~~~~~~~~~~~~~

AIR : *Fillette, qui dans la retraite.*

———

« J'arrive , (*bis.*)
«Ou plutôt je m'esquive
« D'la bataille de Mont-Saint-Jean.
« L'armée , (*bis.*)
« D'ardeur enflammée,
« N'pouvait pas r'tenir son élan.
« Mais un' terreur paniq' l'entraîne....
« Ell' se fait tuer en moins de rien....
« Et j'viens , pour calmer votre peine,
« Vous dire , (*bis.*) que j'me porte bien.

———

~~~~~~~~~~~~~~~~~~~~~~

AIR : *Des fleurettes.*

―――――――――

« Vous reste-t-il quelq' sommes

« A m'donner sur l'trésor ?

« Vous reste-t-il quelq's hommes

« A fair'partir encor ?

— Non ; plus d'argent et plus d'têtes ,

« Grâce à vos conscriptions ;

« A moins qu'nous mêm'nous n'partions ;

    « Mais pas si bêtes ! »

~~~~~~~~~~~~~~~~~~~~~~

AIR : *Ça n'se peut pas.*

―――――――――

« Puisque vous n'avez plus personne

« Qui veuill'mourir pour la nation ;

« Je r'nonce à la gloire, et j'vous donne

« Ma seconde abdication.

« Mon fils consolera la France;

« Et pour qu'elle ne souffre plus,

« Je lui lègue avec ma puissance

« Tout' mes vertus, tout' mes vertus. »

~~~~~~~~~~~~~~~~~~~~

Air : *N'y a que Paris.*

———————

Un membre dit qu' des r' merciemens

Lui sont bien dus pour c'qu'il vient d'faire,

Et l'on déput' des détach'mens,

Qui s'dis't : « Jarni ! la bonne affaire!

« Si l'fils a tout c'que l'père eût d'bien,

« Nous n'risquons rien, nous risquons rien ! »

———————

AIR : *Je reviens de la guerre, j' m'en* ......

« Près d'vous, nous v'nons en masse......
— Pourquoi ? »
— Afin d'vous rendre grace......
— De quoi ?
— D'avoir mangé dans trois mois d'tems,
Cent mill'homm', cinq cent millions d'francs.
— N'y a pas d'quoi.

AIR : *L'amour est un enfant trompeur.*

« Le seul bienfait , à mon avis ,
« Dont vous d'vez m' rendre grâce,
« C'est d'vouloir ben vous l'sser mon fils ,
« Pour occuper ma place.

« Vous serez heureux avec lui,

« Comme vous l'êtes aujourd'hui :

« Bon chien chasse de race ! »

~~~~~~~~~~~~~~~~~~~

AIR : *Quand on va boire à l'écu.*

———————

L' peup' dit : « vot' Napoléon deux,

« N' peut pas nous plaire

« Plus que monsieur son père :

« Non, non, pas d'Napoléon deux..... ;

« L'Europe entière

« Ne veut ni d' vous ni d'eux. »

———————

Les r' présentans n' font qu' parler

D'assommer et de brûler,

D'éventrer et d'étrangler ;

Et les alliés d' chanter,

Et nous de répéter :

« Non , non , vot' Napoléon deux ,

  « N' peut pas nous plaire

  « Plus que monsieur son père :

« Non , non , pas d' Napoléon deux.... ;

   « L'Europe entière

« Ne veut ni d' vous , ni d'eux. »

AIR : *Dérouillons , dérouillons ma commère.*

Voyez donc (*bis.*) tous ces membres,

Voyez quell' poussière ils font là !

Balayons (*bis.*) les deux chambres ,

Et puis après on les frott'ra.

~~~~~~~~~~~~~~~~~~~

AIR : *Il faut que l'on file.*

———————

C'pendant les alliés approchent,
Et l' grand homme confondu ,
S'dit : « Si ces messieurs m'accrochent,
« J'suis bien sûr d'être pendu.
« J'ai rapporté de mon île
« Guerre étrangère et civile ;
« Pour moi c'était un besoin !
« Faut maint'nant que j'file, file, file,
« Faut maint'nant que j'file loin. »

———————

~~~~~~~~~~~~~~~~~~

Air : *Où s'en vont ces gais Bergers.*

———

« Où s'en va , lui dit Bertrand,
  « Vot' majesté suprême ?
— Tâchons d'trouver en courant,
  « Un pays où l'on m'aime.
— Si c'n'est qu'dans c'pays qu'il faut
  Fixer notre retraite,
« J'crains qu'nous n'nous arrêtions pas d'sitôt...
  A moins qu'on n'nous arrête.

~~~~~~~~~~~~~~~~~~

Air : *Mes d'moisell', voulez-vous danser ?*

———

Vive , vive Napoléon !
  V'là l'monarque
  Qui s'rembarque...
Vive , vive Napoléon !
Premier et dernier du nom.

———

Pendant qu'il cherche sur l'navire
De quel côté faudra qu'il vire,
« D'puis quinze ans , dit l'peup' satisfait,
« C'est l'second plaisir qu'il nous fait. »

———

Vive, vive Napoléon !
V'là l'monarque
Qui s'rembarque...
Vive , vive Napoléon !
Premier et dernier du nom !

———

~~~~~~~~~~~~~~~~~~

Air : *Monsieur de Catinat,* (ou : *Malgré la bataille.*)

———

« Que f'rons-nous, dit Bertrand ? —J'vais m'li-
vrer aux Anglais

« Qui me laisseront vivre en dépit des Français.

—On vous tympanis'ra. —Qu'importe ? j'ré-
pondrai :

« Mieux vaut goujeat debout , qu'emp'reur en-
terré. »

~~~~~~~~~~~~~~~~~~

Air : *V'là c' que c'est qu' d'avoir du cœur.*

———

Zeste, il s'rend sur l'Bellérophon,
Où d'crainte qu'on ne l'coule à fond,
Il dit aux Anglais : « Je me livre ,
  « J'suis prêt à vous suivre,
  « Mais laissez-moi vivre......
« Je tiens à ça plus qu'à l'honneur: »
V'là c'que c'est qu'd'avoir du cœur.

———

MORALE.

~~~~~~~~~~~~~~~~~~~~

AIR : *Il était un p'tit homme.*

En trois mois , v'là c'grand homme

Qui sut tant s'évertuer

A nous tuer ,

Redev'nu petit comme

On l'avait vu jadis.....

Et je dis

Qu'il est reconnu

Que tout parvenu

Qui se s'ra méconnu ,

S'en r'tourn'ra nu , (*bis.*)

Comme il était venu.

FIN.

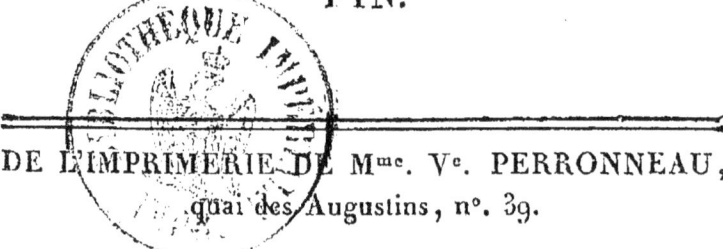

DE L'IMPRIMERIE DE Mme. V^e. PERRONNEAU,
quai des Augustins, n°. 39.